守護馬來熊的女孩：
再見，索亞！
以信念燃亮
夢想的旅程

Saving Sorya: Chang and the Sun Bear

阮莊 TRANG NGUYEN 著
吉特・茲東 JEET ZDUNG 繪
王念慈 譯

獻給黛西（Daisy）、
大叻（Linh Dan），以及世界各地
熱愛動物的年輕人。

各位讀者好：

我叫莊，是一位越南野生動物保育員。在你讀這本書之前，我想要告訴你一些關於它的小故事。《守護馬來熊的女孩》的主人翁是一位叫小嫦的女孩，她從小就懷抱著遠大的夢想，想要守護和保育被人類推向滅絕之路的野生動物。為了實現她的夢想，小嫦努力充實自己，就算其他人認為她不適合當個野生動物保育員，她依舊勇往直前。

書中的小嫦與膽小的小馬來熊索亞相遇後，就決定要竭盡所能地幫助索亞重返雨林。其實，這個故事都是由真人真事改編而成，而小嫦的原型就是我。在童年意外目睹一隻亞洲黑熊被抽取膽汁後，我的人生出現了重大的轉捩點。那一刻，我下定決心，一定要排除萬難，成為一名保育員，為野生動物創造一個更好、更安全的環境。

索亞也真有其熊，她是被東南亞一個超棒的組織「自由熊基金會」從非法熊類交易市場中救出的小馬來熊。至於這本書一開始出現的大黑熊，則是以一隻叫寶拉的亞洲黑熊為雛型。寶拉在2008年獲救，已成功回歸野外。

在閱讀這個故事時，你會學到很多關於馬來熊這個神奇動物的大小事，還有牠在森林裡扮演的重要角色。當然，你也會學到很多守護這些動物和牠們家園的方法。我希望這個故事可以為你帶來啟發，鼓勵你勇敢追夢。不管你的夢想是什麼，都絕不要輕言放棄！

阮莊

這裡是雨林，
這天早上沒有下雨。

雨林裡有各式各樣的野生生物。

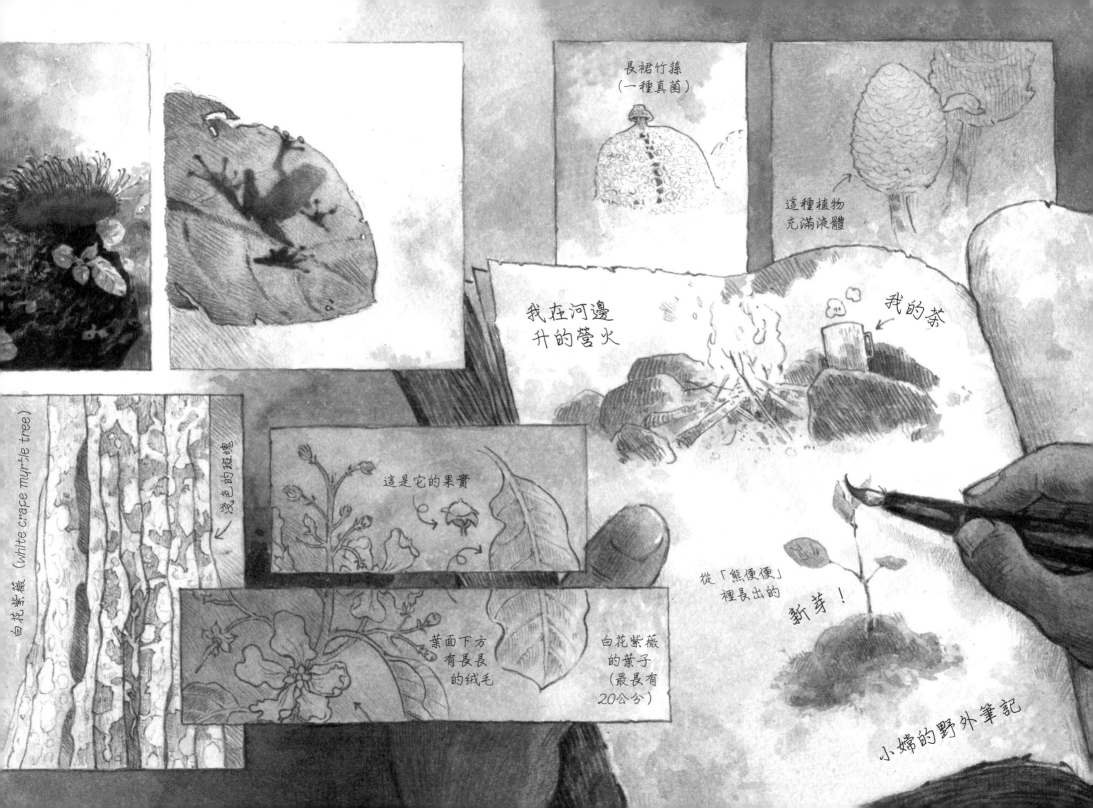

啊！

索亞，不可以！

索亞，壞熊熊！

聞聞聞！
舔舔舔！

噢，索亞——
我的筆記本都濕了！

咯咯咯

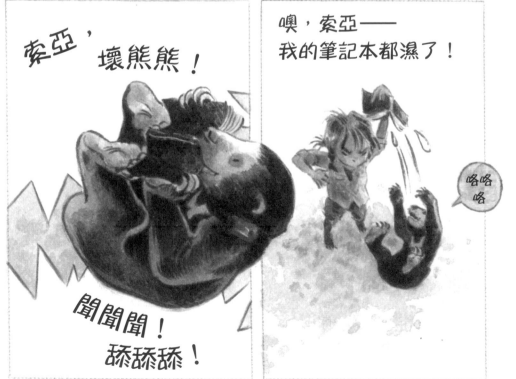

索亞是一隻可愛的小馬來熊。

這裡是越南的
吉仙國家公園。

它又熱、
又濕，

有很多美麗的
野生動物。

它也是可怕蚊子
的大本營。

這些蚊子會傳染一種叫
「瘧疾」的致命疾病。

但水蛭更可怕，
牠們是吸血鬼。

水蛭爬
爬爬……

到處
都是！

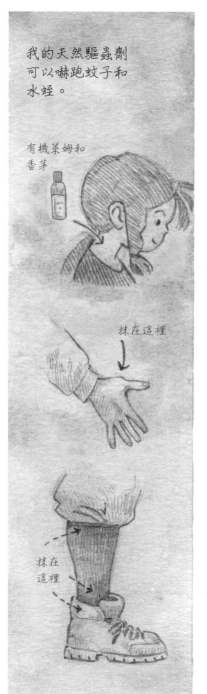

我的天然驅蟲劑
可以嚇跑蚊子和
水蛭。

有機萊姆和
香茅

抹在這裡

抹在
這裡

彈掉……

我也會用樹枝把
水蛭彈走。

霹啪！

我從八歲起，就想成為一名保育員。
這一切要從我當時放學後，
和朋友一起走回家的路上說起……

我們聽到一棟
房子傳出可怕
的聲音。

於是，我們
悄悄靠近
房子。
出乎意料的
是，我們竟
然可以從那
裡聽到屋裡
的聲音。

？

噁！
這是什麼
味道？！

我們偷偷往
裡面看，看
到了一些可
怕的畫面。

一隻大黑熊仰躺在地上，
身邊圍了好幾個人。

我們之前聽到的
可怕聲音，就是這隻
熊的嚎叫聲。

嗚啊

有個男人站
在牠上方，
手裡拿著
一根巨大的
針頭。

不！！！！

我們嚇得趕緊逃離那裡。

我不知道後來發生了什麼事，但我和朋友發現了一座養熊場。

他們想要從熊的身體裡抽出一種叫「膽汁」的液體。

熊膽有好幾千年的時間都被當成藥材使用。

但現在醫學發達，我們已經不需要用到它，也不需要傷害熊。

那天晚上，我對自己許下承諾。
如果可以，我不會再讓人類繼續虐待熊，
或任何其他野生動物。

所以隔天，我就決定要成為
一名野生動物保育員。

我之前就在電視上聽過
野生動物保育員的事情。
他們守護著世界各地——
沙漠、海邊，甚至是洞穴
裡——的自然生物。

那個時候我意識到：
我也可以守護我家附近的
雨林！

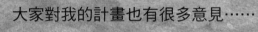

能成為吉仙國家公園的動物救援志工真是太棒了。
我交到很多來自世界各地、友愛動物的朋友，還學到很多保育知識。

野生生物
救援和
保育中心

我們一起為那裡的
各種生物準備食
物，牠們往往都有
生病和受傷情況。

我們把熊的糞便
清理掉，還做了
吊床給牠們用。

這些動物都是從盜獵者手中救出來的——
他們捉到野生動物後，會先傷害牠們，
再把牠們賣掉。

我們也救助
穿山甲——牠是
世界上瀕臨絕種的
動物之一，被歸列
為「極危」物種。

我從來沒有忘記我在熊膽農場看到的畫面，
那隻躺在地板上的熊。所以，我決定到
「自由熊基金會」（Free the Bears）當志工。

它是一個把熊從熊膽農場救出的組織，
救援的範圍遍及整個東南亞。

FREE THE BEARS

這些可憐的熊終於可以擺脫那些
可怕、狹小的籠子。

但最令我驚喜的是，
我在那裡發現了
米莎——

這隻熊就是幾年前我對自己許下
承諾，還有成為保育員的原因。
我看到她安然無恙，而且很健康！

有一天，中心來了
一隻兩週大的小熊。

她的名字叫

索亞。

（越南語 Sorya 意指「太陽」）

索亞是在寮國的森林被捕獲的。
我們不曉得她的媽媽怎麼了，
但我們猜她是落入了盜獵者的手中。

索亞跟
米莎非常
不一樣。

越南有兩種熊：

亞洲黑熊

馬來熊

長毛

胸口有黃色或白色的
V 形斑紋

胸口有黃色
或白色的 U
形斑紋

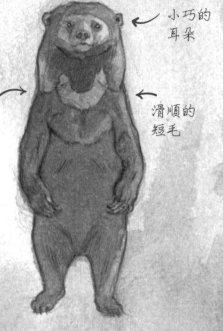

小巧的
耳朵

滑順的
短毛

英文名字：*moon bear*
學名：*ursus thibetanus*
別名：月牙熊、喜馬拉雅黑熊。
牠們的身高落在1.3到1.9公尺之間，
有著長長的利爪。

英文名字：*sun bear*
學名：*helarctos malayanus*
別名：太陽熊、蜜熊。
馬來熊的體型比亞洲黑熊小，只有1.2公尺高。
牠們是熊科家族體型最小的熊，只出現在東南
亞。

全世界總共有八種熊：

貓熊

亞洲黑熊

懶熊

馬來熊

眼鏡熊

美洲黑熊

北極熊

棕熊

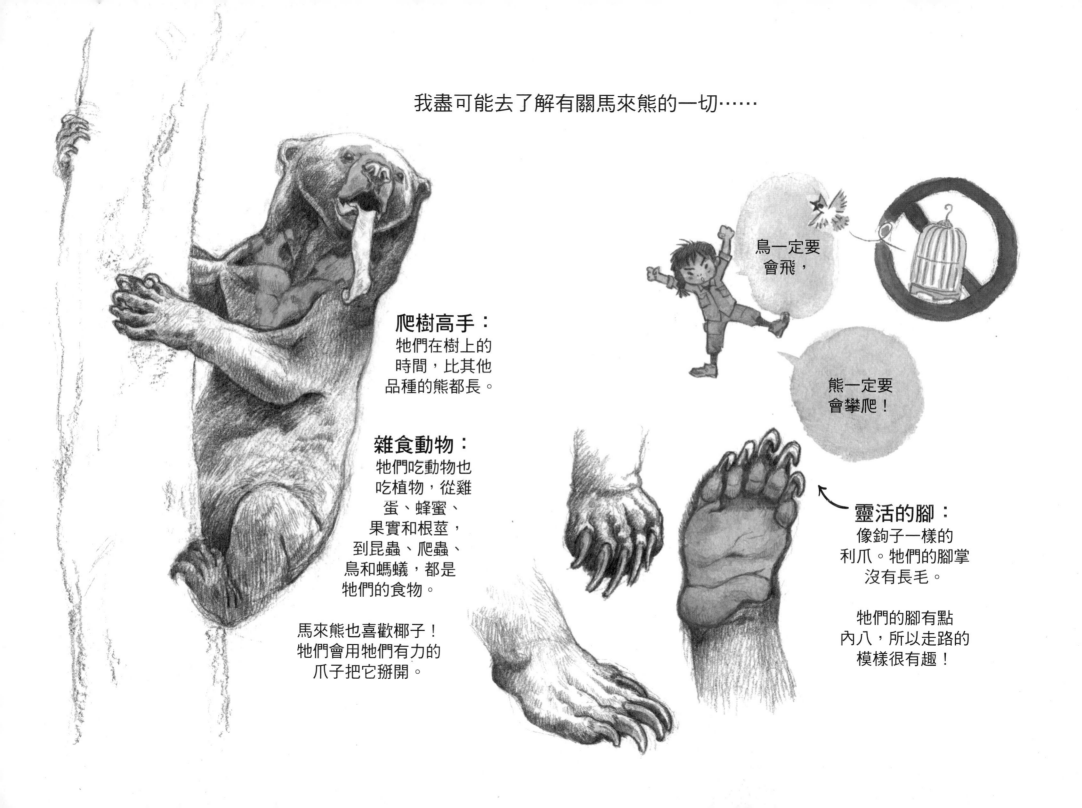

我盡可能去了解有關馬來熊的一切……

鳥一定要會飛，

熊一定要會攀爬！

爬樹高手：
牠們在樹上的時間，比其他品種的熊都長。

雜食動物：
牠們吃動物也吃植物，從雞蛋、蜂蜜、果實和根莖，到昆蟲、爬蟲、鳥和螞蟻，都是牠們的食物。

馬來熊也喜歡椰子！牠們會用牠們有力的爪子把它掰開。

靈活的腳：
像鉤子一樣的利爪。牠們的腳掌沒有長毛。

牠們的腳有點內八，所以走路的模樣很有趣！

雖然所有的熊都應該在野外生活，
但我知道被人類捉到的熊，
並不是每一隻都能順利
重返野外。

米莎就是這樣。

米莎老了又病了。
她被關在狹小的籠子裡
太久，已經不知道該
如何照顧自己。

米莎必須受到照顧。

像米莎這樣的熊，就只能在籠舍裡
過完餘生。但在自由熊基金會，
牠們能住在國家公園的一小塊保育區裡，
那裡的環境會讓牠們覺得自己就生活在野外。

至於索亞……

我們救到她的時候，
她的個頭雖然很小，
卻很年輕又健康。

她很有機會學會
照顧自己，
並在年長一些後，
重返森林。

由於索亞失去了媽媽，
所以她必須學會的
求生技能，就由我來教她。
例如：

搜尋和獵捕食物、

尋覓乾淨的飲水，

還有找到晚上可以
安全睡覺的地方。

就跟某些沒有媽媽的幼獸一樣，
索亞也出現了吸吮腳趾
和手指的習慣。

一開始還覺得很可愛，
但每次索亞只要一吸舔——

舔！
吸！

噢，不要舔了！
妳的腳掌都
流血了！

就會把指頭周圍的皮膚
都舔破，把自己弄得
傷痕累累。

獲救的熊常會出現奇怪的表現。

有些會因為壓力或皮膚問題沒有及時
受到照顧，掉光全身的毛髮。

有些會在同一個地方來回走動，
彷彿牠們還被關在看不見的籠子裡。

有些會因為身體反覆摩擦到籠子的柵欄，
身上佈滿一塊塊的傷疤。

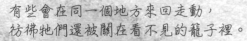

這些舉止全都是有些熊無法重回野外的跡象。
牠們已經被折磨太久了，失去了照顧自己的能力。

有些會不停地甩頭。

牠們的這些行為，都是被關在
狹小的籠子裡好幾個月或好幾年
造成的。在那些籠子裡，
牠們無法站立，甚至無法活動，
只能讓人類不停抽取牠們的膽汁。
現在就算這些熊被救出來了，
牠們依然無法忘記
痛苦的經歷或恐懼。

這實在是
太可怕了。

我一定要幫助索亞回到野外！

在熊救援中心，

很早的清晨…

我們一大早就替熊準備了食物。

嗨！

但其他動物也會過來共享這些食物！

索亞，加油！

再往上爬一點就好了！

就快到了！

氣喘吁吁！

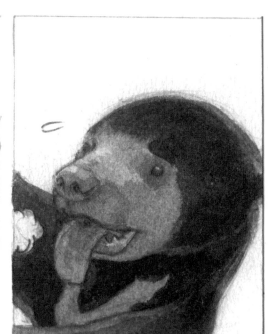

太棒了！
索亞，
妳吃到了！

哈哈！
哈
妳太可
愛了！

每天我都會把
索亞的食物
放在不同的
地方，讓她
必須靠自己的
力量找到它。

索亞很會找她
早餐的香蕉。

但有些惡霸熊會把她找到的香蕉搶走！

噢，不！其他熊把香蕉搶走了！

低吼

索亞，把它搶回來。

勇敢一點！

但索亞太害怕了。

索亞，我們一起努力！

我們絕不會輕言放棄！

我必須為她找到一座安全的森林。

這不是一件容易的事。

索亞不能在
那裡生活。

我找到的下一座森林很美。

我很興奮，
但後來……

我發現一座水壩——
一個用來調控水量的
人造攔水設施。

雨季的時候，
這座水壩會視情
況洩洪，讓洪水
淹沒整座森林。

許多野生動物都被這些洪水淹死了。

索亞不能在
那裡生活。

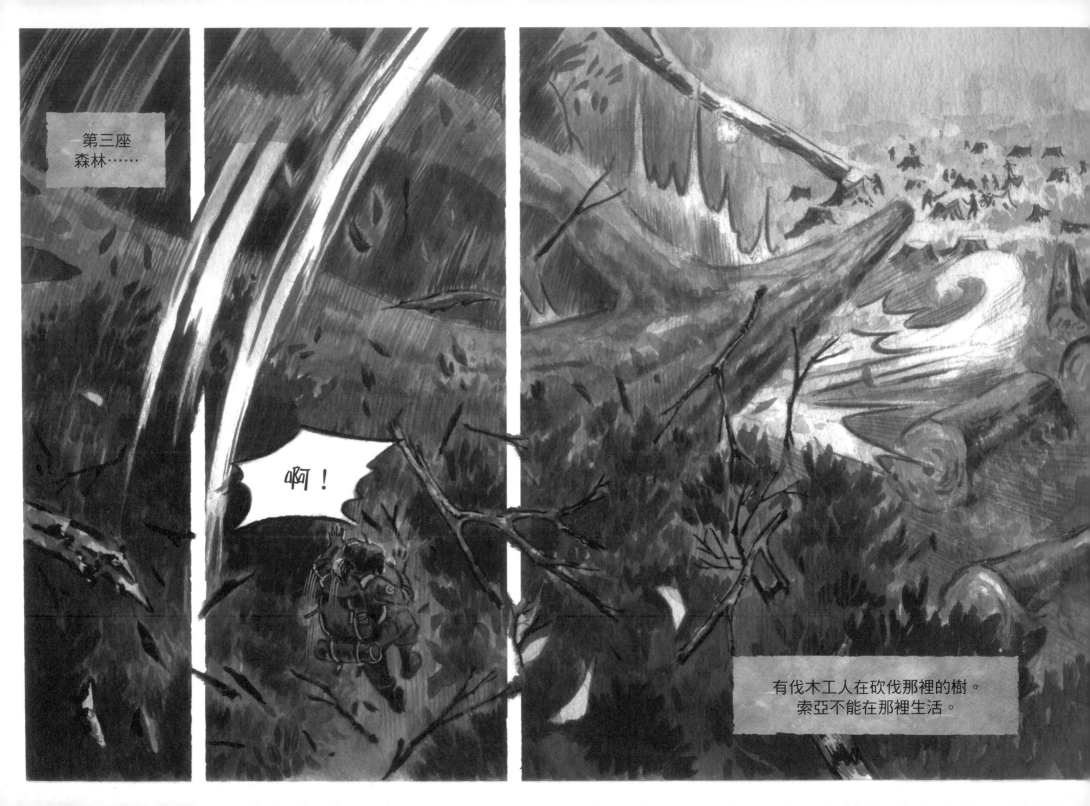

第四座森林
根本就不是森林。

它是一塊建築工地，正在
興建飯店、購物中心、高爾夫
球場，以及其他建築。

索亞也不能
住在這裡。

到底有什麼
地方能讓她
好好生活呢？

這座森林實在……

太安靜了。

我很驚訝，
因為生氣蓬勃
的森林通常
非常多聲響，
充滿了野生
動物的聲音。

最後，我終於找到了
這裡一片寂靜的原因：

這裡有許多誘捕
禽獸的陷阱。

我用最快的速度
跑回救援中心
尋求協助。

我和其他保育員一起去了這座森林附近的村莊，
與當地居民打聽森林的狀況。

他們告訴
我們，有很多
外地人會到這
裡獵捕動物，

再把牠們
帶去城市
兜售。

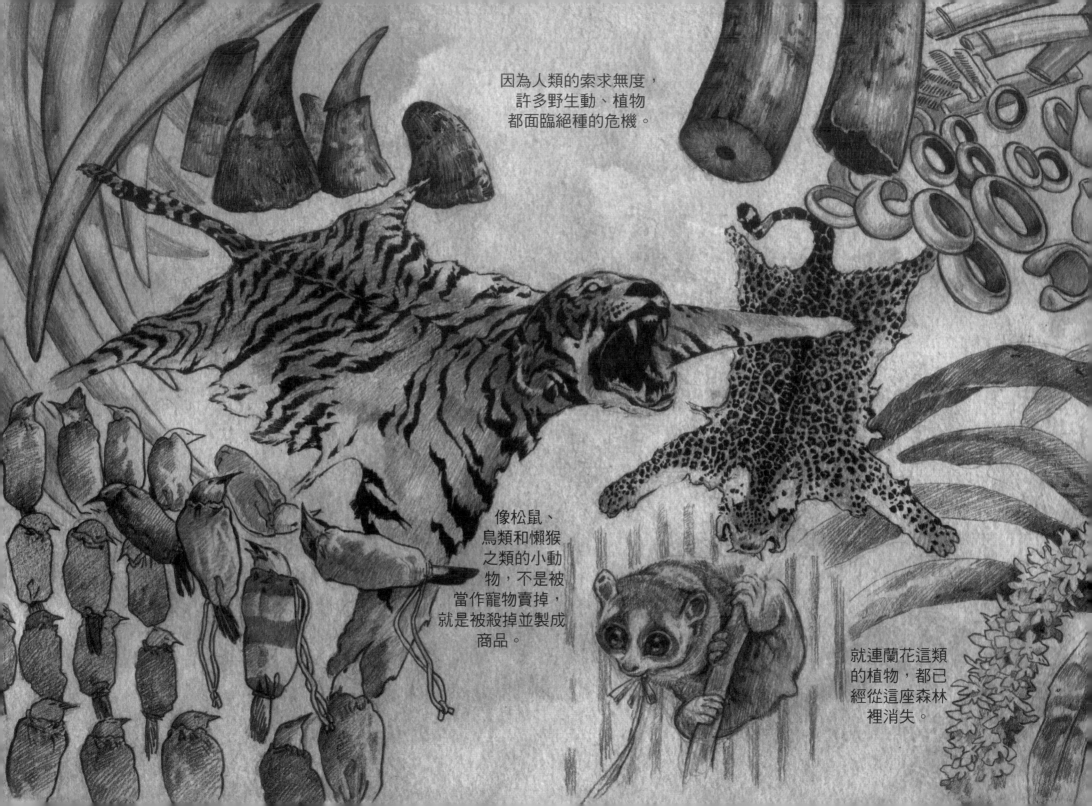

因為人類的索求無度，
許多野生動、植物
都面臨絕種的危機。

像松鼠、
鳥類和懶猴
之類的小動
物，不是被
當作寵物賣掉，
就是被殺掉並製成
商品。

就連蘭花這類
的植物，都已
經從這座森林
裡消失。

我和自由熊基金會的成員
為村民安排了保護森林的
培訓和工作坊講座。

還提供他們進入森林需要的防護裝備，例如登山靴和衣服。

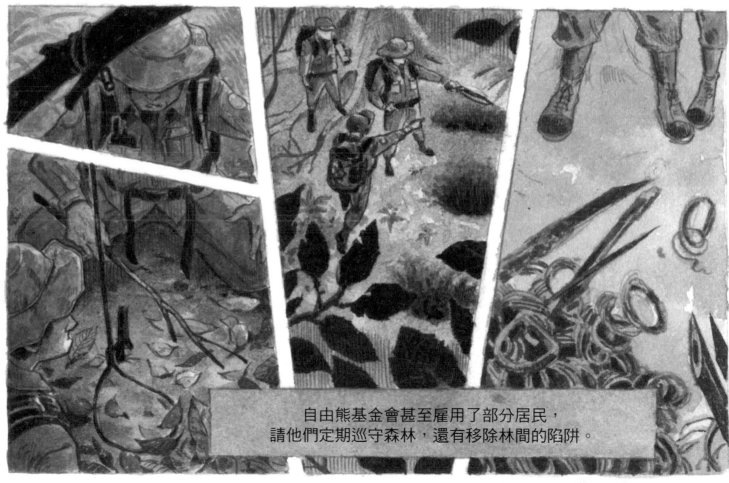

自由熊基金會甚至雇用了部分居民，
請他們定期巡守森林，還有移除林間的陷阱。

除去那些圈套陷阱後，
　野生動物漸漸回來了。

當整座森林再次充滿各種野生動物的聲音時，

我知道索亞可以
在那裡生活。

在這段時間裡，索亞也長大了。

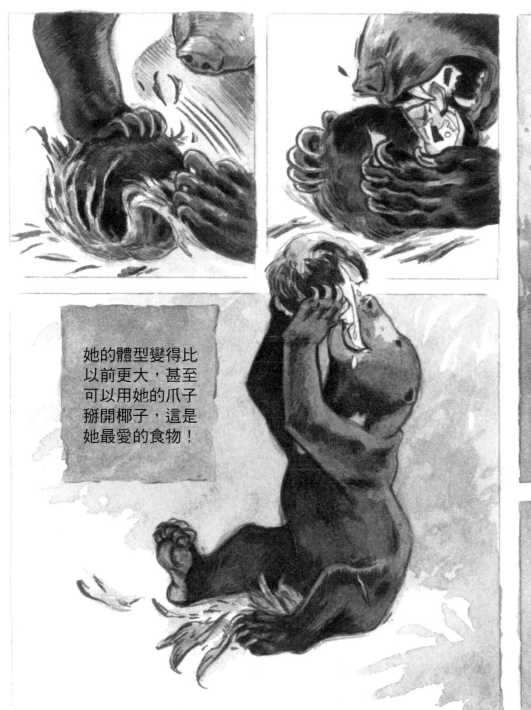

她的體型變得比以前更大，甚至可以用她的爪子掰開椰子，這是她最愛的食物！

以前索亞很膽小，老是會被塊頭比較大的熊欺負。可是現在她會為自己挺身而出，也會捍衛自己的食物和睡覺的地方。

雖然索亞還有很多事情要學，但我知道她已經可以去她的新家了！

索亞，不要動。
讓我幫妳戴上這個追蹤項圈。

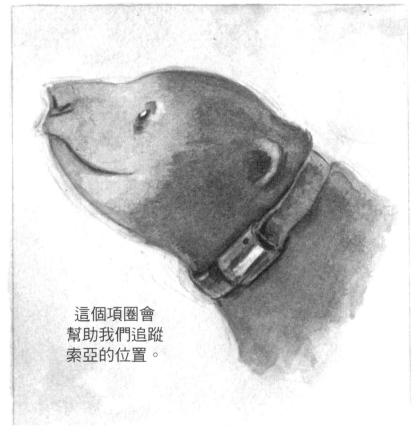

這個項圈會
幫助我們追蹤
索亞的位置。

索亞，
不要怕。
妳就快要
到家了！

全世界總共有八種熊

亞洲黑熊
MOON BEAR

貓熊
PANDA

懶熊
SLOTH BEAR

北極熊
POLAR BEAR

《守護馬來熊的女孩》，阮莊（Trang Nguyen）著，吉特．茲東（Jeet Zdung）繪。菓子文化 Götz Books

飛快，我從來不曉得心臟可以跳得這麼快。沒錯，我快嚇死了，但還是得得極力保持自然才行。我的手心不斷冒出冷汗，但幸好他們沒有注意到。我撥了撥頭髮，順勢又蓋了一層頭髮在隱藏攝影機上頭；它大概是快沒電了，所以才會閃燈。終於我們順利地抵達目的地，我按照計畫，步出車廂，把頭髮摸起後用手抓了抓我右耳上方的頭部。看到我的暗號後，警方一擁而上。所有的嫌犯都被一網打盡，一切就圓滿落幕。

大家常問我，為什麼你要做這些事？為什麼你要當這些臥？是的，在非法野生動物交易部門工作，你一定會承擔某些風險，因為你必須和罪犯打交道，這些過程一定會存在某些不確定性、危險和困難，但總是要有人去做這些事。如果這個人剛好就是我，那我絕對當仁不讓，不會有半點遲疑。我認為保育就是這樣，每一個人都能積極的展開行動，而不是「把自己當成局外人，等著某個人去當這個險」。最重要的是，我相信我們每一個人心中都有一股保育魂。我鼓勵大家即刻就加入保育的行列，與我們攜手努力。不論你是誰，年紀多大，在做些什麼，你都可以運用你的資源和才能支持我們，共同守護大自然的未來。

另外，此舉也可以確保身為人類的我們，不會成為地球上的最後一種動物。

阮莊(Trang Nguyen)

作者的話

各位讀者好：

我叫莊，是一位越南野生動物保育學家。我八歲的時候，在我家附近的養熊場，意外目睹了能被抽取膽汁的養熊。那段經歷實在是太可怕了，而它也成為我竭盡所能，制止這類野生動物被剝削剝削的動力。原本我是一個英文成績超級差的八歲女孩，但為了讀懂那些介紹大自然的書籍和文獻，我開始努力精進自己的語言能力。

現在我成為一名全球保育學家，工作經驗橫跨亞洲和非洲等地。

過去幾年，我曾在非洲當過臥底。支持當局的保育工作。其中最為我身邊朋友津津樂道，而且總是要我一而再、再而三分享的臥底故事，就屬我假扮非法野生動物貿易商的那次任務。我很適合扮演這個角色，因為我是一個越南女性。那些非法交易商不會想到，像我這樣一個嬌小的越南女性，竟然會是替非洲警方蒐證的臥底。他們對我的要求來者不拒，我想要的東西他們都願意提供我，從小的穿山甲的鱗片，到獅子的骨頭、毛皮、象牙，甚至是犀牛角這樣「高端」的商品，他們都有。歷經幾天的調查，把需要的跡證都搜齊了之後，我們的團隊便覺得時機成熟，打算將這些罪犯都一網打盡。為此我需要再見他們一面，做個買賣，然後把他們帶到安排好的地點，讓埋伏在那裡的警方逮捕他們。到了碰面交易的那天，我告訴他們，我想要買這些東西。但由於支付這些東西的現金過於龐大，我無法把那些錢帶到他們的地盤——一位在約翰尼斯堡，當地的治安很不好——所以他們必須把貨品載到我身處的地方，一起把象牙、再一手交錢、一手交貨。幸運的是，他們同意了。於是我上了他們的車，穿山甲鱗片在載往我們安排好的地點。你應該想像，要和三個男人，而且是三個犯罪共犯共乘一車。我必須盡可能保持自然，正常地和他們對話。可是就在這個時候，我的隱藏攝影機竟突然開始閃燈！我超驚恐！我的心臟跳得

馬來熊
SUN BEAR

眼鏡熊
SPECTACLED BEAR

美洲黑熊
AMERICAN BLACK BEAR

棕熊
BROWN
BEAR

來，妳先走！
我會跟在妳後面。

噢索亞，那只是
一隻蜥蜴。

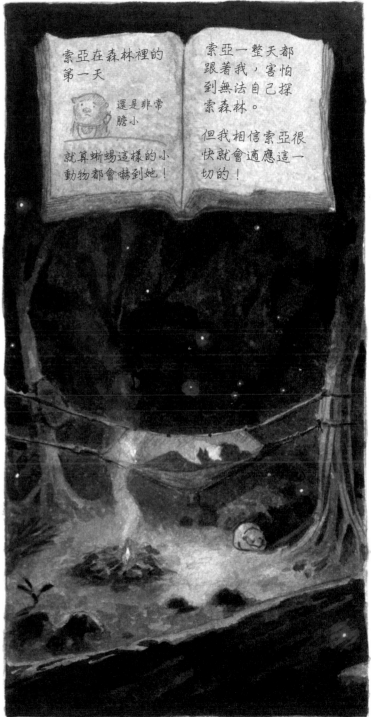

瑪卡泰樹（makha - tae tree）

闊葉榆綠木
（axlewood）
的果實

仍然非常
害羞

索亞喜歡游泳和玩水。

下雨天

索亞看著白花紫薇
上的一隻蜜蜂。

但晚上她還是
睡在我旁邊。

她有時候會吃吃看
新發現的植物。

野生的熊寶寶會根據
媽媽呼吸的氣味，
去判別哪些食物好吃。
但像索亞這樣與媽媽分離的
熊寶寶，就必須靠自己的
力量去試各種東西的味道。
如果吃起來不好吃，
她們就會吐掉。

雖然索亞已經
漸漸習慣這座
森林，

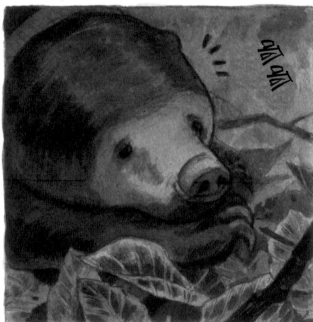

某天晚上，
青蛙的叫聲引起了
索亞的注意。

肚子咕嚕咕嚕叫
她餓了，

想要我餵她，
但我太累了，
所以我假裝睡著了。

索亞想要抓青蛙，

但沒抓到。

呼嗚

又沒抓到

低吼

跳跳跳！

吼 吼 吼 吼

大吼

又一次落空。

青蛙不見了。

但是後來⋯⋯

沒錯，
索亞就是這樣！
加油！

索亞找到了一座非常大的白蟻蟻窩。

沒多久，她就用她有力又銳利的腳爪刨挖蟻窩。

然後把她長長的舌頭伸到裡面。

馬來熊的舌頭可以長達25公分！

那一天，索亞證明了自己是一頭貨真價實的野生熊，做到了她以前從未做到的事情！

不論是大晴天，還是雨季……

我都跟著索亞一起

探索這座森林。

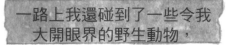

一路上我還碰到了一些令我
大開眼界的野生動物，

例如
「印度野牛」。

當地居民都叫牠們
「min」。牠們是這
座公園裡最大最強壯
的動物。

這頭野牛
進入警戒
狀態了！
我最好離牠
遠一點。

有時候索亞會走得比我快，我就必須用牠項圈上的追蹤器找她。

她可以自己闖出一條路穿過濃密的竹林，但我不行。

哎呀！

索亞變得越來越勇敢，開始敢自己探索這座森林。

雖然這段旅程並不輕鬆，
但我們一起做的這些探索
都是值得的。

大家都說索亞這樣的馬來熊，
是雨林的「醫生」和「園丁」。
牠們能從很多地方幫助整座森林，
讓它變得更健康。

牠們糞便排出的
果實種子，
能長出新的植物。

牠們吃白蟻，
可以控制害蟲
的數量。

馬來熊會把腐木
解體，這可以讓它
們更快變成土壤。

很多動物都會因
索亞做的事情受惠！

現在索亞比較能在新家
裡自在生活了。

馬來熊也叫做蜜熊，
因為牠們很會爬樹，
會利用自己敏銳的
嗅覺找到蜂蜜。

此刻的索亞
真的是一隻
名副其實的
蜜熊了，她
能完全靠自
己的力量餵
飽自己！

晚上她還是
會來找我，

然後我們會
一起在星空
下入睡。

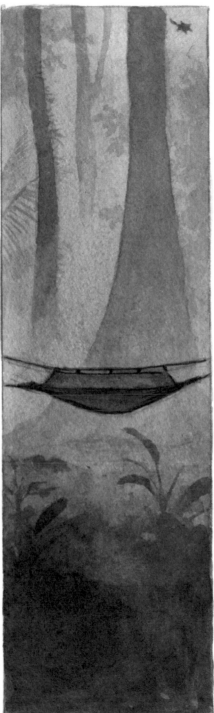

不過現在，我親愛的索亞
已經有自信許多。

她會自己
在樹上做窩，
不會跟我睡在一起。

索亞不再像以前
那樣依賴我了。

但即使她已經獨立生活
了一段時間，還是會來
跟我打聲招呼。

她學會了遠離
其他人類。

所以我知道，她也會
遠離那些盜獵者。

我們在森林裡度過了幾個月
平靜安穩的日子。

某一天早上，
索亞的追蹤器掉了。

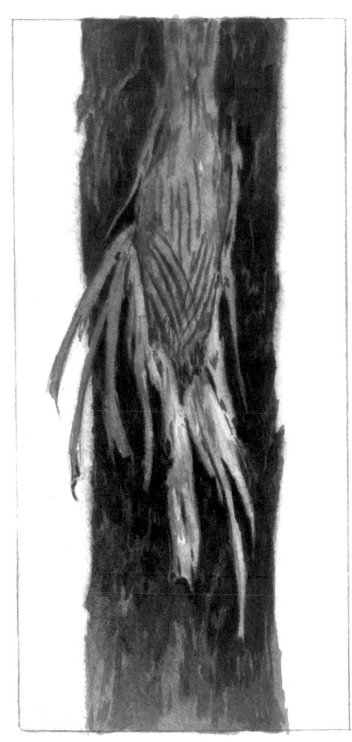

經過一番爬上爬下的搜索後，我在附近一棵樹的樹身上發現了馬來熊留下的記號——爪痕！

這些爪痕還很新鮮。

我開始擔心索亞！

萬一索亞閒晃到其他熊的地盤怎麼辦？

萬一她被更大的熊攻擊怎麼辦？

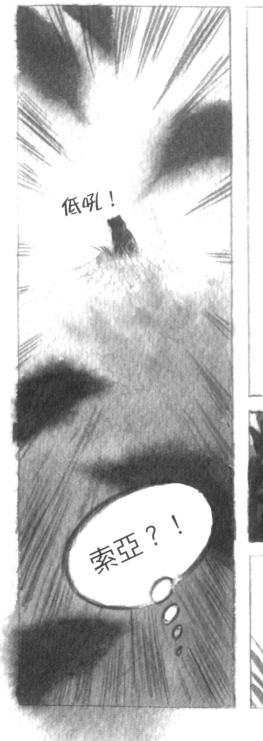

低吼！

索亞？！

一開始，牠們彼此都很小心翼翼。
牠們沒有對視，
就只是一股腦地大吃無花果。

看起來就像是牠們在
參加大胃王比賽。

但過一陣子之後，牠
們對彼此的戒心，就
隨著牠們對食物的熱
情消失了。

吃完那頓大餐後，索亞就和她的新朋友一起在那棵無花果樹下睡覺。

但我真的好難就這樣走開⋯⋯

——我該跟索亞說再見了。

那個時候我才意識到，

我想再多看我可愛的女孩一會兒。

再見了，
索亞。

我叫小嫦，

是一名野生動物保育員。

我的目標是幫索亞找到一個家，

幫助她在森林裡狂野而自由自在的生活。

我好想
她……

全書完

阮莊和吉特的話：

我們要誠摯感謝馬特・亨特（Matt Hunt）、
布萊恩・克魯奇（Brian Crudge）、瑪麗恩・
施奈德（Marion Schneider）和自由熊基金會，
他們給了我們創作這本書的絕佳契機。
請造訪自由熊基金會的網頁，
支持他們的行動！

www.freethebears.org

插畫者小語

我要謝謝我的朋友阮莊，她是一位勇敢又善良的保育員。要是沒有她的故事、知識和人生經歷，我就無法繪製出這本作品。多虧莊，我才有機會到野生生物救援中心當志工，親身到野外考察（感謝馬特‧亨特對我鼎力相助，雖然我倆一直沒有機會見到面）。誠摯感謝布萊恩‧克魯奇和瑪麗恩‧施奈德，這兩位熊類專家與我分享了很多珍貴的熊類保育知識，能與她們共事是種榮幸。我也要謝謝在越南吉仙國家公園的自由熊基金會救援中心，以及金邊野生動物救援中心（Phnom Tamao Wildlife Rescue Center）服務的工作人員和志工。

我很感激能跟殷方（Phuong An）和韓恩圭（Nguyet Hang）這兩位可愛又敬業的助理工作。他們除了要努力幫我搜尋、分類、繪製和註記越南原生植物的細節，還要在我焦頭爛額的時候幫我準備繪圖紙和食物。謝謝漢塔連（Ta Lan Hanh）向我介紹了范林（Linh Phan），這位才華洋溢的設計師對這個案子投入了百分之百的心力。

最後，我還要再一次感謝莊，謝謝她始終充滿耐心。

吉特‧茲東

推薦文　不被遺忘的記憶角落

黃宗潔（東華大學華文文學系教授）

　　每個人的記憶中，總有一個角落，存放著與動物相關的畫面：牠們可能是那些因為「可愛」而被飼養，最後卻在疏忽或照顧不當的情況下，未能善終的「寵物」；可能是在動物園遇見的，令人好奇不已的野生動物；也可能是童話故事裡因意外或疾病而死去，讓我們傷心落淚的動物角色……

　　這些真實或虛構的動物身影，往往隨著成長逐漸淡化為模糊的背景，直到被徹底遺忘；但有時，感動或傷害會停駐在我們心中，那些過不去的記憶，甚至可能影響與改變日後的人生路徑。《守護馬來熊的女孩》的主角小嬋，就是在八歲時偶然看到養熊場抽取膽汁的殘酷畫面，從此立下志向，要成為一位動物保育員。

　　從這個角度來說，《守護馬來熊的女孩》既是描述一隻失去媽媽的小馬來熊，如何回到野外的故事；更是描述一位對動物受虐畫面念念不忘的女孩，如何來到野外的故事。因為忘不了童年時那隻黑熊的痛苦嚎叫、以及被用暴力制服仰躺在地的無助神情，她對自己許下承諾，不要再讓任何動物受到傷害。而這部動人的作品，正是當年那個女孩，對自己兌現的承諾之一。如今已成為國際知名野生動物保育員的作者阮莊，化身為書中的小嬋，讓讀者看到她如何克服社會對年齡、國籍與性別的偏見，執著地一步步踏上守護動物之路，也藉此帶出馬來熊、亞洲黑熊等動物面臨的生存危機。

　　值得一提的是，除了小嬋與馬來熊「索亞」互動的溫馨場景，書中也有黑熊被困在籠中、被抽取膽汁的畫面，甚至牠們在獲救後依然出現的：來回轉圈、甩頭等創傷反應，作者都毫不迴避。過去我們常認為太過悲慘的動物受虐細節，容易對孩子造成衝擊，是「兒童不宜」的，因此在繪本故事中，這類真實的場景很容易在強調正向、樂觀的教育價值中，被柔焦甚至排除。但阮莊顯然清楚理解，若我們不願意看見動物真正的遭遇，改變就不可能發生。

　　因此，如同亞洲黑熊與馬來熊，分別擁有「月亮」熊與「太陽」熊的別名，阮莊在故事中，也總是將日與月、光明與黑暗等雙重性並陳。她讓我們看見動物的美好，看見保育員為這些受虐生命所帶來的希望，卻不過度美化野放的成就，而是將訓練的艱難、野放環境的難尋、盜獵、陷阱等危機一一細數。但也唯其如此，讀者方能理解每一隻「索亞」要回到野外，是何其不易。

　　另一方面，繪者吉特・茲東（Jeet Zdung）揉合了越南風格的畫藝，不只讓全書洋溢著溫暖的色調，也使得動物們的遭遇，在他溫柔如月暈的筆觸下，哀傷而不悲慘，動人而不煽情。讀畢全書，索亞的畫面從此也將成為讀者們的記憶，而那之中，想必會有下一個，對動物念念不忘的小嬋吧。

作者介紹

阮莊（Trang Nguyen）：是越南的野生生物保育員、環境運動家和作家，以處理非洲和亞洲非法野生生物交易的保育行動聞名。莊在英國的肯特大學（University of Kent）完成了她的生物多樣性管理（Biodiversity Management）博士學位，針對亞洲傳統醫學以動物入藥的舉動，研究其對非洲野生動物的影響。2018年，莊和珍・古德（Jane Goodall）一起出現在《殺害買賣：帶你走進犀牛角之戰》（Stroop: Journey into the Rhino Horn War）這部紀錄片裡。2019年，她的名字登上了BBC的2019年百大女性名單。2020年，她成了富比士「亞洲30歲以下傑出青年」（30 Under 30 Asia）名單的一員。莊是非政府組織WildAct的創辦人和執行長，該組織會監控非法野生生物交易市場，並提供越南青年保育教育課程。她也是國際自然保育聯盟／物種存續委員會的熊類專家組織（IUCN SSC Bear Specialist Group）成員，該組織致力於熊的保育工作，提倡全世界的熊都應該生活在牠們原生棲息地的理念。《守護馬來熊的女孩》是她的第一本童書。

繪者

吉特・茲東（Jeet Zdung）：把傳統越南藝術融入到日本連環漫畫中，利用鉛筆、水彩、油墨和其他的數位繪圖方法，創造了各種美麗又別具新意的作品。他獲獎無數，例如其漫畫作品《起身飛行》（暫譯，*Stand Up and Fly*）就曾得到「無文字漫畫傑出獎」（Silent Manga Audition Excellence Award）。《守護馬來熊的女孩》是他第一本在英國和美國出版的童書。現居越南河內市。

WildAct 是越南的非營利保育組織，創立於2015年。
它的使命是啟發和激發整個社會的保育意識，
讓大家一起用科學的方式保護受到威脅的物種和生態系統。

WildAct

菓 子
Götz Books

· Leben

守護馬來熊的女孩：
再見，索亞！以信念燃亮夢想的旅程
Saving Sorya: Chang and the Sun Bear

作　　者　阮莊（Trang Nguyen）

繪　　者　吉特 · 茲東（Jeet Zdung）

譯　　者　王念慈

主　　編　邱靖絨

排　　版　菩薩蠻電腦科技有限公司

封　　面　萬勝安

總　　編　邱靖絨

社　　長　郭重興

發行人兼出版總監　曾大福

出　　版　遠足文化事業股份有限公司　菓子文化

發　　行　遠足文化事業股份有限公司

地　　址　231 新北市新店區民權路 108 之 2 號 9 樓

電　　話　02-22181417

傳　　真　02-22181009

Email　service@bookrep.com.tw

郵撥帳號　19504465 遠足文化事業股份有限公司

客服專線　0800221029

印　　務　江域平、李孟儒

印　　刷　凱林彩印股份有限公司

定　　價　660 元

初　　版　2022 年 4 月

法律顧問　華陽國際專利商標事務所　蘇文生律師

有著作權，翻印必究

特別聲明：有關本書中的言論內容，不代表本公司／出版集團的立場及意見，
文責由作者自行承擔。

歡迎團體訂購，另有優惠，請洽業務部 (02)2218-1417 分機 1124、1135

國家圖書館出版品預行編目 (CIP) 資料

守護馬來熊的女孩：再見，索亞！以信念燃亮夢想的旅程
／阮莊（Trang Nguyen）作；吉特 · 茲東（Jeet Zdung）
繪；王念慈譯 . -- 初版 . -- 新北市：遠足文化事業股份有
限公司菓子文化出版：遠足文化事業股份有限公司發行，
2022.04
　面；　公分 . --（Leben）
譯自：Saving Sorya : Chang and the Sun Bear
ISBN 978-626-95271-5-1（精裝）

873.59　　　　　　　　　　　　　　　　111002967